TRÊS FÁBULAS DO ORIENTE

BRUNO PACHECO

TRÊS FÁBULAS DO ORIENTE

BRUNO PACHECO

ILUSTRAÇÕES DE
LU MARTINS

galera
RECORD

RIO DE JANEIRO | 2011

CIP-Brasil. Catalogação-na-fonte
Sindicato Nacional dos Editores de Livros, RJ

P117t Pacheco, Bruno
Três fábulas do Oriente / Bruno Pacheco; ilustrações Lu Martins.
– Rio de Janeiro: Galera Record, 2011.
il.

ISBN 978-85-01-09320-2

1. Fábula infantojuvenil I. Martins, Lu. II. Título.

11-6091   CDD: 028.5
                      CDU: 087.5

Copyright do texto © Bruno Pacheco, 2011
Copyright das ilustrações © Lu Martins, 2011

Os direitos morais do autor foram assegurados.

Todos os direitos reservados.
Proibida a reprodução, no todo ou em parte, através de quaisquer meios.
Os direitos morais do autor foram assegurados.

Projeto gráfico de miolo e capa: Igor Campos

Este livro foi revisado segundo o novo Acordo Ortográfico da Língua Portuguesa

Direitos exclusivos desta edição reservados pela
EDITORA RECORD LTDA.
Rua Argentina 171 | Rio de Janeiro, RJ
CEP. 20921-380 | Tel. 2585 2000

IMPRESSO NO BRASIL

ISBN 978-85-01-09320-2

SEJA UM LEITOR PREFERENCIAL RECORD
Cadastre-se e receba informações sobre
nossos lançamentos e nossas promoções.

ATENDIMENTO E VENDA DIRETA AO LEITOR
mdireto@record.com.br ou t.(21) 2585 2002

Para Leon, sempre.

O QUEBRADOR DE PEDRAS

ERA UMA VEZ UM SIMPLES QUEBRADOR DE PEDRAS que estava insatisfeito consigo mesmo e com sua posição na vida.

Mas o que é um quebrador de pedras? É uma profissão muito antiga, mas que existe até hoje. Só que não tem mais esse nome. Algumas pessoas talvez o chamem de pedreiro, mas não é a mesma coisa. Porque os pedreiros constroem casas e muros e até quebram pedras também. Mas o quebrador de pedras da nossa história é diferente porque ele vive num outro tempo e do outro lado do mundo – no Oriente.

Esta é uma história muito antiga. E naquela época os quebradores de pedras eram pessoas que serviam só para quebrar pedras. As montanhas do Oriente são cheias de pedras preciosas. E o trabalho dos quebradores era quebrar pedras, muitas pedras preciosas, para que elas fossem levadas para a cidade, transformadas em joias e usadas por reis, rainhas, príncipes e princesas. E pelos homens e mulheres ricos que tinham dinheiro para comprar essas joias, que um dia foram pedras, quebradas pelo simples quebrador.

Mas ele não estava feliz. Porque as pedras que ele quebrava, e que eram transformadas em joias que valiam muito dinheiro, não serviam para ele. Ele não tinha dinheiro e também não tinha nenhuma joia. Porque ele era um simples quebrador de pedras.

Um dia ele resolveu fazer um passeio pela cidade, para ver o que faziam com as pedras que ele quebrava.

A cidade era muito diferente da montanha, onde ele vivia. Lá, ele viu coisas bonitas e feias também. Muita gente na rua, muito barulho e muitas pedras preciosas, em lugares que ele nunca tinha visto: nos dedos, nos pescoços e nas orelhas das mulheres. Nas bengalas dos homens e nas casas também. Nas casas das pessoas ricas, é claro. Porque as pessoas pobres, como ele, não usavam pedra nenhuma. E por isso não brilhavam.

E ele ficou mais triste. Achou que ele também não brilhava. Logo ele, que conhecia todas as pedras. Turmalina, ametista, topázio, jade, água-marinha, granada... Todas elas, cada uma com sua cor e seu brilho.

O quebrador de pedras continuou caminhando pelas ruas da cidade. Ele ia pensando sobre a sua posição na vida, sobre a riqueza e a pobreza e sobre o sentido das pedras. Quando ele parou em frente a uma linda casa…

…A casa de um rico comerciante. Através da janela, ele viu muitos objetos valiosos, feitos de ouro e cristais, que na verdade eram pedras, que um dia foram quebradas por ele. Ele viu também importantes figuras que frequentavam aquela mansão. Homens e mulheres que brilhavam.

"Quão poderoso é o comerciante!", pensou o quebrador de pedras. E ali, do lado de fora daquela casa, ele sentiu inveja e desejou que pudesse ser como aquele rico comerciante.

E para sua grande surpresa, como numa mágica daquelas que só acontecem em histórias do Oriente, ele se transformou num rico comerciante, cercado de mais luxos e poder do que jamais tinha imaginado.

Mas, um dia, um alto oficial passou por ele na rua. O oficial era carregado em uma liteira de seda e escoltado por soldados que batiam gongos para afastar o povo. Seu poder era tanto que até os mais ricos tinham que se curvar à sua passagem.

"Quão poderoso é este oficial!", ele pensou. "Gostaria de poder ser um alto oficial!"

Então ele se tornou um alto oficial, carregado em sua liteira de seda por toda a cidade e respeitado por todas as pessoas, desde os mais pobres até os mais ricos. Já sei que vocês devem estar se perguntando: o que é uma liteira?

É melhor eu explicar. Ninguém usa mais liteira, elas só existem nas histórias muito antigas do Oriente. Como é que eu vou explicar uma liteira? Sabe uma rede? Dessas de balançar e dormir? Imaginem uma rede feita de seda, só que sem parede. Uma rede de seda carregada por quatro soldados. Era assim que o alto oficial andava, carregado. Porque naquela época não existia carro. A liteira era um carro sem roda. Se tivesse roda seria uma carroça e poderia ser puxada por um cavalo. Mas como é uma espécie de carro sem roda, a liteira só pode ser carregada por gente. No caso, por soldados. Só para mostrar o poder que um alto oficial tem. Ele é tão poderoso, tão poderoso, que ele não precisa nem andar. Ele é carregado pra cá e pra lá.

Deu pra entender?

Bem, ele viveu assim por alguns meses. Maravilhado com seu próprio poder de alto oficial.

E quando chegou o verão, com aqueles dias quentes e ofuscantes, o alto oficial sentiu-se muito desconfortável na sua liteira de seda. Na verdade, a seda da liteira e aquela roupa de alto oficial impressionavam muito, mas não o impediam de suar como todas as outras pessoas. Ele olhou para o sol que brilhava no céu e invejou o seu poder sobre todos – pobres, soldados, ricos comerciantes e altos oficiais.

"Quão poderoso é o sol!", ele pensou. "Gostaria de ser o sol!"

Então ele se transformou em sol, brilhando sobre todos os cantos do planeta. Um sol forte, brilhante e cheio de raios que faziam calor, muito calor. Um calor que só o sol sabe fazer. Um calor que faz todo mundo suar. Todo mundo mesmo, até um alto oficial.

Mas, um dia, uma gigantesca nuvem negra se colocou entre ele e a Terra, impedindo o seu brilho e o poder de seus raios de sol.

"Quão poderosa é a nuvem!", ele pensou.

Ele então se fez nuvem. Uma imensa nuvem negra de tempestade, daquelas que inundam campos e vilas, causando pânico e medo.

Mas, quando menos esperava, ainda impressionado com seu poder de nuvem, ele percebeu que estava sendo empurrado para longe por uma força que ele não sabia o que era. Uma força mais poderosa do que ele. E soube que era o vento que tinha esse poder sobre as nuvens.

"Quão poderoso é o vento!", ele pensou. "Gostaria de ser o vento!"

E ele virou o vento. Mas não um ventinho mixuruca. Ele virou logo um vento de furacão, soprando as telhas dos telhados das casas, arrancando árvores, temido e odiado por todas as criaturas na Terra.

(Ele queria poder, cada vez mais poder. Será que o poder serve só pra isso? Para ser temido e odiado por todos?)

Mas mesmo o vento do furacão mais poderoso encontrou uma coisa que não foi capaz de mover nem um pouquinho. Ele soprou até não aguentar mais, até se cansar e virar uma brisa, que é um vento mixuruca. "Que coisa seria aquela, capaz de impedir a força de um vento de furacão?", ele pensou.

Era a montanha.

Ele tomou a forma de uma montanha. Mas não uma montanha qualquer, dessas que os alpinistas escalam. Ele era uma montanha poderosa, respeitada e com orgulho de nunca ter sido conquistada pelos homens.

Mas enquanto vivia seus dias de montanha, orgulhoso pela sua força e tamanho, ele ouviu ao longe o som de um martelo batendo sobre uma dura superfície. E sentiu a si mesmo sendo despedaçado aos poucos.

"O que poderia ser mais poderoso do que uma montanha?", pensou surpreso.

Então ele olhou para baixo e viu a figura de um simples quebrador de pedras.

O CARREGADOR DE ÁGUA

Esta história me foi contada. E como eu gosto muito de contar histórias, eu aumentei um pouquinho, inventei coisas. Quer dizer, não inventei coisas da minha cabeça, não. A história continua tendo tudo que tinha quando me contaram. Não tirei nada. Só coloquei mais coisas: palavras, frases, ideias, vírgulas e pontos. Porque quem conta um conto, na verdade mesmo, aumenta bem mais que um ponto. O que eu vou fazer é contar essa história do jeito que eu gosto de contar essa história.

Ela começa assim: Era uma vez um carregador de água...

Pronto. Eu coloquei "Era uma vez" porque não tinha. E eu gosto muito de histórias que começam com "Era uma vez". Sei lá, acho que fica com mais cara de história.

Agora eu vou explicar um monte de coisas antes do "Era uma vez um carregador de água". Pra essa história ficar bem explicadinha, do jeito que eu gosto. Aí, depois, eu continuo a história do jeito que ela é, sem ter que ficar parando pra explicar esse monte de coisas.

Essa história é uma fábula. Uma fábula é uma lenda, uma narração alegórica. Isso quer dizer que não é real, verdade verdadeira. As personagens das fábulas são, normalmente, animais. E toda fábula conta uma moral. Mas a moral da história a gente só vai saber no final. E eu ainda nem comecei.

E tem outra coisa. Esta é uma fábula que não é muito normal. Porque não tem nenhum animal nesta história. Mas ela não deixa de ser uma fábula por isso. Os personagens desta história são o carregador de água, que é um homem, e dois potes, que são objetos.

Esta história se passa na Índia. E é uma história muito antiga, como a própria Índia. E, na Índia antiga, as coisas eram bem diferentes de hoje. Não tinha água nas casas. A água ficava no rio. E alguém tinha que apanhar a água no rio e levar até as casas, pra poder beber, lavar roupa, tomar banho e cozinhar. É aí que entra o nosso personagem, o carregador de água. O trabalho dele era carregar água todos os dias, do rio até a casa do patrão dele. Essa era a profissão dele. Se alguém perguntasse qual era a profissão dele, ele não ia responder nem jornalista, nem médico, nem engenheiro, nem advogado. Ele era um Carregador de Água.

Pode parecer estranho, mas ainda existem carregadores de água. Talvez não sejam carregadores profissionais, como o desta história. Mas ainda existem lugares onde as pessoas têm que carregar água do rio pra poder usar em casa. É estranho, mas é verdade. Não é lenda, não. Na Índia, no Brasil e em outros lugares do mundo. Em lugares que ainda são como a Índia antiga.

Por isso, eu dedico esta história às pessoas que moram nesses lugares.

Aos carregadores de água que ainda existem por aí.

O CARREGADOR DE ÁGUA

ERA UMA VEZ UM CARREGADOR DE ÁGUA que levava dois potes grandes.

Os potes ficavam pendurados cada um numa ponta de uma vara de bambu. E a vara, com os dois potes em cada ponta, ele levava atravessada no pescoço. Essa era a melhor forma de carregar dois grandes potes cheios de água. Porque o bambu enverga, mas não quebra. Ele é muito resistente. E, assim, o peso dos potes ficava bem equilibrado e não forçava as costas do carregador de água. Essa era, com certeza, a melhor forma de se carregar água todos os dias por um longo caminho.

E era isso que acontecia. Todos os dias o carregador de água levava os dois potes cheios de água, do rio até a casa do patrão dele. E era um longo caminho. Ele levava

um bom tempo caminhando com aquele peso todo. Sem contar que primeiro ele apanhava os potes e a vara de bambu na casa do patrão e fazia o percurso até o rio. Essa primeira caminhada era bem mais fácil, porque os potes estavam vazios. Mas ele não reclamava do peso, não. Ele adorava ser um carregador de água.

Acontece que um dos potes tinha uma rachadura. O outro, não, o outro era perfeito e sempre chegava cheio de água no fim da longa jornada entre o rio e a casa do patrão do carregador de água. O pote rachado chegava sempre pela metade.

Foi assim por dois longos anos. Todos os dias o carregador entregava um pote e meio de água na casa do patrão dele.

O pote perfeito estava orgulhoso de seu trabalho. O mesmo não acontecia com o pote rachado, que se sentia envergonhado pela sua imperfeição. Ele se sentia incompetente por realizar apenas metade do serviço que ele havia sido designado a fazer.

E, nas suas conversas de potes, quando ninguém estava por perto, o rachado chorava suas mágoas e o perfeito aproveitava a situação para se mostrar superior. E isso magoava ainda mais o pote rachado.

Após dois anos de angústia, o pote rachado tomou coragem para falar com o carregador de água. Aproveitou o momento em que estava sozinho com ele, quando o pote perfeito já estava cheio na margem do rio.

"Estou envergonhado e quero lhe pedir desculpas."

"Desculpas por quê? De que você está envergonhado?", perguntou surpreso o carregador de água.

"Nesses dois anos de trabalho eu só fui capaz de entregar apenas a metade da minha carga, porque a rachadura no meu lado faz com que a água vaze por todo o caminho. Por causa do meu defeito, você tem que fazer todo esse trabalho e não ganha o salário completo pelo seu esforço", disse o pote rachado.

O carregador de água ficou surpreso pela situação do velho pote rachado. E ficou chateado com sua desatenção. Nesse tempo todo de convívio ele não tinha sido capaz de perceber a angústia do amigo. Então, o carregador encheu o pote rachado como se não houvesse nenhum problema com ele. E sorriu.

"Quando retornarmos para a casa de meu patrão, eu quero que você preste atenção nas flores ao longo do caminho. Nas flores que ficam do seu lado na estrada."

O pote rachado não entendeu muito bem, mas concordou.

No caminho de volta, o pote rachado notou que estava tudo florido no lado direito da estrada. O lado que ele ficava pendurado na vara de bambu. Isso o deixou um pouquinho feliz e o fez esquecer a tristeza. Mas só até chegar à casa do patrão do carregador de água. Porque, quando ele estava sendo esvaziado para encher o poço, ele viu o outro pote todo cheio e se lembrou da rachadura e da sua imperfeição. E isso bastou para ficar triste de novo.

Depois do serviço o carregador de água se sentou para conversar com o pote rachado.

"Você notou que pelo caminho só havia flores do seu lado?", perguntou o carregador de água.

"Notei. E daí?", resmungou o pote rachado.

"E daí que eu, ao conhecer o seu defeito, tirei vantagem dele. Toda semana eu jogava sementes de flores no seu lado do caminho. E, só por causa da sua rachadura,

TRÊS FÁBULAS DO ORIENTE   23

todos os dias você as regava. Por dois anos eu pude colher lindas flores para enfeitar a casa do meu patrão. Se você não fosse do jeito que é, ele não poderia ter essa beleza para dar graça à sua casa. E, além do mais, agora o caminho fica mais bonito para todos que passam por ele. E, se não for na ida, pelo menos na volta. No seu lado do caminho."

    E o pote rachado se sentiu feliz de novo. E, se não for para sempre, pelo menos por enquanto.

O BUDA DE PEDRA

ERA UMA VEZ UMA ALDEIA NA CHINA MEDIEVAL. Uma época que tinha dinastias, imperadores, mandarins e samurais.

Sinto muito, mas eu não vou contar uma história cheia de aventuras e batalhas, com imperador, samurai e todas essas figuras das grandes histórias do Oriente.

Eu vou contar uma história mais simples. Mas não se preocupe, ela tem um pouco de mistério.

Nessa aldeia, na China medieval, tinha um mosteiro. E no mosteiro tinha um monge que era considerado um sábio. Ele era respeitado por todos. Mas ele não se sentia superior a ninguém. Por isso, andava pela aldeia e conversava com todo mundo. Brincava com as crianças, dava aulas de artes marciais para os guardas da aldeia e recebia qualquer um que o procurasse para pedir conselhos, desde o vendedor de verduras até o chefe da polícia. Em troca, recebia doações para manter o mosteiro e seus alunos.

Ele era chamado de mestre.

ACONTECEU ASSIM:

Num dia de muito calor, um mercador que viajava por todas as aldeias daquela região para vender malha de algodão resolveu descansar um pouco embaixo de um altar, na entrada dessa aldeia. Ele estava carregando um rolo com cinquenta metros de malha de algodão. As roupas de todo mundo eram feitas com essas malhas. Por isso ele sempre tinha gente para comprar. Ele vivia disso, de vender malhas de algodão que ele mesmo tingia. Tingia de várias cores. É um processo muito antigo e usado até hoje lá na China. Ele fervia o algodão em grandes panelas com tinta tirada das plantas e depois esticava em enormes varais para secar ao sol. Depois saía pelas aldeias vendendo as malhas coloridas para as pessoas vestirem. Elas podiam fazer calças, camisas, vestidos e mantos, que era o que os monges usavam. O mestre desta história usava um manto tingido pelo mercador.

Então, como eu ia dizendo...

O sol estava muito forte e o mercador carregava um rolo de cinquenta metros. Ele já tinha viajado muito e estava tão cansado que não aguentou chegar até o centro da aldeia. Resolveu descansar um pouco no altar que ficava na entrada. Nesse altar havia um imenso Buda de pedra, que tinha sido colocado ali para dar proteção aos habitantes que moravam naquela aldeia.

De tão cansado, o mercador acabou dormindo e, quando acordou, sua mercadoria tinha sido roubada. Isso nunca tinha acontecido antes. Ele ficou desesperado, pois tinha gastado um mês inteiro de trabalho para preparar os cinquenta metros de algodão. E esperava vender tudo para sustentar sua família.

Ele entrou na aldeia e foi direto informar à polícia o que tinha acontecido. O chefe da polícia, depois de ouvir a história do mercador, foi com ele até o altar para ver se encontrava alguma pista do ladrão. E aí começou o mistério. Não tinha pista nenhuma. Nenhuma pegada, nenhum pedaço de roupa ou fio de cabelo no lugar. O chefe da polícia mandou seus guardas revistarem a aldeia. Mas não encontraram nada. Nem sinal do rolo de algodão do mercador.

"Fique tranquilo, que nós vamos dar um jeito nisso", disse o chefe da polícia.

Mas o mercador não estava nem um pouco tranquilo. Se não encontrassem o rolo de algodão, ele não ia ter dinheiro para sustentar a família naquele mês.

"Você não vai embora daqui sem o seu rolo de algodão", disse o chefe.

E foi procurar o monge. Talvez, com sua sabedoria, o mestre poderia ajudar no caso.

O mestre ouviu pacientemente toda a história. E decidiu acompanhar o chefe da polícia até a aldeia para

conhecer o mercador. Eles se reuniram na praça que ficava no centro da aldeia. E o mestre ouviu toda a história de novo, dessa vez contada pelo próprio mercador. Fez algumas perguntas e confirmou que não havia pista nenhuma que indicasse um ladrão.

Então, o mestre pensou: "Ninguém esteve no templo para roubar o rolo de algodão do mercador. O mercador não poderia ter roubado ele mesmo. E o único que estava lá era o Buda de pedra..." O mistério estava solucionado.

"O Buda de pedra deve ter roubado a mercadoria. Ele deveria estar naquele altar para cuidar do bem-estar da população, mas pelo visto não cumpriu com seu sagrado dever", disse o mestre.

E então fez um sinal aos guardas da cidade.

"Que prendam o Buda de pedra!", ordenou o mestre.

E aí foi uma barulheira só. Todo mundo falando ao mesmo tempo. Primeiro foram expressões de susto. Depois cada um falava uma coisa, todos comentando a ordem absurda do mestre. Imagine, prender uma estátua!

Mas ordem é ordem. E a polícia prendeu o Buda. Eles foram até o templo, retiraram a estátua, a amarraram numa carroça e a conduziram ao julgamento.

O mestre disse que, por ser um monge, só ele poderia julgar o Buda de pedra. E marcou o julgamento para o final do dia, na praça da aldeia. A estátua foi levada até lá. E, é claro, seguida de uma multidão curiosa de saber que sentença o mestre daria ao Buda de pedra.

Quando o mestre apareceu no tribunal que foi montado no meio da praça, estava um tumulto só. Uma barulheira danada, todo mundo falando ao mesmo tempo. O mestre ficou observando e percebeu que, como ele tinha imaginado, toda a população da aldeia estava presente no julgamento.

O mestre pediu silêncio. E nada. Pediu silêncio pela segunda vez. Mas não adiantou. As pessoas não paravam de falar, riam e diziam que o mestre estava maluco, que estátuas de pedra não roubam e essas coisas que o povo fala quando se junta um monte de gente numa praça.

Então, o mestre pediu silêncio pela terceira vez. Até os guardas estavam rindo, pois nunca tinham visto na vida um julgamento de uma estátua.

"Com que direito vocês se apresentam num tribunal rindo e falando dessa maneira! Fiquem sabendo que isto é considerado desacato à autoridade. Vocês podem ser

multados e até presos por isso. Estou certo?", perguntou o mestre ao chefe da polícia.

O chefe da polícia e o mercador se olharam. Eles também não estavam entendendo essa ideia do mestre de julgar uma estátua. Mas, como confiava totalmente no mestre, o chefe da polícia disse que sim, que o mestre estava certo e reafirmou que todos poderiam ser presos por desacato à autoridade.

As pessoas começaram a pedir desculpas, mas o mestre continuou.

"Isto aqui é um tribunal, pois um crime foi cometido. E eu sou o juiz agora. E, como juiz, vou impor uma multa a todos os presentes. Mas ela ficará em suspenso se, amanhã de manhã, cada um de vocês trouxer ao tribunal um rolo de malha de algodão. Aquele que não trouxer será preso", disse o mestre.

Aí o mestre conseguiu o que queria. O silêncio foi geral. Ninguém deu um pio. Ninguém se atreveu a questionar a autoridade do mestre. E as pessoas começaram a ir embora para suas casas. Em silêncio. Sem fazer nenhum barulho. Porque ninguém queria ser preso.

O chefe da polícia e o mercador se olharam de novo. Eles estavam começando a entender a ideia do mestre.

Na manhã seguinte, a praça estava amontoada de rolos de malha de algodão. Todo mundo tinha um. Pois todo mundo precisava de um rolo de algodão para fazer roupas.

E o rolo de malha de algodão, que tinha sido roubado, foi reconhecido pelo mercador no meio daquele monte de rolos de algodão. O mercador voltou para casa. Ou, então, foi para outra aldeia vender seu rolo de malha.

E, assim, se descobriu o ladrão, e os outros rolos de malha de algodão foram devolvidos a seus respectivos donos.

O Buda de pedra foi colocado novamente no altar. E nunca mais aconteceu nenhum roubo naquela aldeia.

Este livro foi composto na fonte
Fedra Serif, em corpo 9,5/19pt,
e impresso em papel offset 120g/m²
na Markgraph.